ODE

TIRÉE DE LA PRIERE

FAITE

PAR LES JUIFS PORTUGAIS

DE BORDEAUX,

Pour demander à Dieu le rétablissement de la Santé du ROY.

A PARIS,

Chez PIERRE-GUILLAUME SIMON, Imprimeur du Parlement, ruë de la Harpe, à l'Hercule.

M. DCC. XLIV.

ODE

TIRÉE DE LA PRIERE

FAITE

PAR LES JUIFS PORTUGAIS

DE BORDEAUX,

Pour demander à Dieu le rétablissement de la Santé
du ROY.

A PARIS,

Chez PIERRE-GUILLAUME SIMON, Imprimeur
du Parlement, ruë de la Harpe,
à l'Hercule.

M. DCC. XLIV.

DANS le grand nombre d'Ecrits de tout genre & de toute espece, où les Sujets du Roi viennent de signaler leur attachement à sa Personne Sacrée, la Priere des Juifs Portugais de Bordeaux est un de ceux qui ont mérité singulierement l'approbation du Public. Cette Priere, dictée par l'Esprit divin qui inspira le Roi Prophête dans ses Cantiques, en a toute l'onction & toute l'énergie. Elle nous répréfente avec la derniere véhémence ces jours de consternation, où la France éplorée s'est vûë au moment de perdre pour jamais son MONARQUE BIEN-AIME'. L'exemple de Rousseau qui a traduit en Odes dans notre Langue les Pseaumes de David, a fait naître l'idée de traduire de même cette Priere. L'Auteur qui a travaillé d'après cet Ecrit sublime, ne se flatte pas du même succès qu'a eu le Traducteur des Pseaumes : il connoît trop la distance infinie qu'il y a de lui au plus célébre Poëte de notre Nation ; mais , il espere que si ses Vers excitent la critique, les Censeurs respecteront au moins le zéle & la pureté des sentimens d'un Citoyen , dont l'entreprise trouve son excuse dans son amour pour son Roi.

O D E

TIRE'E DE LA PRIERE FAITE PAR LES JUIFS

Portugais de Bordeaux, pour demander à Dieu

le Rétablissement de la Santé du Roy.

TOI, Maître absolu du Monde,
GRAND DIEU, qui regne pour toujours
Dans les Cieux, sur la Terre, & l'Onde,
Auteur, Arbitre de nos jours,
L'être nous vient de ta puissance,
Il se soutient par ta clemence,
Et sa force est dans ton secours.

A ij

Ton œil voit toute la nature,
Et ses réplis intérieurs :
En vain, la foible créature
Veut fuir à tes regards vainqueurs;
Par ta Providence infinie,
C'eſt toi qui regle l'harmonie
De nos eſprits & de nos cœurs.

Du haut de la celeſte Cîme,
Dieu de bonté, reçoi nos vœux :
Regarde un Prince magnanime
Que pleure un Peuple malheureux :
Soutien dans le mal qui l'accable
Le Conquerant le plus aimable,
Et des Rois le plus généreux.

Atteint d'une douleur mortelle,
Ce Roi ſi cher eſt languiſſant :
Deſcens, ô ſageſſe éternelle !
Montre-nous un Dieu bienfaiſant,
Eloigne de nous les allarmes,
Taris la ſource de nos larmes;
N'es-tu plus un Dieu tout-puiſſant?

Des menaces de ta colere
Passe aux effets de ta bonté.
Daigne encor être notre Pere ;
SEIGNEUR ! tu l'as toujours été.
LOUIS désarme ta justice ;
Sa constance est un sacrifice
Qui reclame ton équité.

Dieu d'Israël, Dieu des Armées ,
Dans tes mains est le fort des Rois.
Les Puissances sont désarmées,
Ou triomphantes à ta voix.
Dans ta gloire seul immuable ;
Ton nom fut toujours favorable
Aux cœurs fideles à tes Loix.

D'un Roi qui te craint, & t'adore ,
Conserve les jours précieux.
Qu'il renaisse comme l'Aurore,
Aussi brillant & radieux.
Protege, & couvre de ton aîle
Un Prince qui fait son modele
Du regne humain de ses ayeux.

Eleve au rang le plus sublime,
Au plus haut dégré de Grandeur,
Ce Monarque vengeur du crime,
Tu l'as formé selon ton cœur.
Garde-le des horreurs funébres,
Confond les Anges de' ténébres.
Rend-lui sa force, sa splendeur.

Qu'affranchi de la Loi commune,
Il vive & ne meurre jamais;
Ou que ses jours sans infortune
Coulent marquez par tes bienfaits.
Assis sur un solide Thrône,
Qu'il voye autour de sa Couronne
Le repos, la santé, la paix.

Pour notre bonheur, pour ta gloire,
Sois son guide dans les combats:
O Roi des Rois! qu'à la victoire
Volent ses Chefs & ses Soldats.
Franchis avec eux la Barriere,
Qu'il foule aux pieds dans la poussiere
L'Ennemi que poursuit son bras.

Que ton esprit inspire, anime
Ses Miniſtres & ſes Héros.
Qu'entr'eux regne un accord intime:
Loin d'eux l'envie & les complots.
Le calme rendu par ſes armes,
L'Univers jouïra des charmes
De ſes loix & de ſes travaux.

Dieu tendre, exauce les Prieres
D'un Peuple abbatu, conſterné.
Sois ſenſible aux larmes ameres
Qu'il verſe à tes pieds proſterné.
Tu vois ſon extrême foibleſſe :
Tu vois l'excès de ſa détreſſe :
Aux douleurs l'as-tu condamné ?

Puissent nos cris ſe faire entendre!
Qu'ils perçent juſqu'à ton ſéjour!
Puiſſe ton Ange nous apprendre
Qu'à notre Roi tu rends le jour!
Alors, dans une ſainte yvreſſe,
Nos cœurs tranſportez d'allegreſſe
Rendront hommage à ton Amour.

Nous dirons : Voici la journée,
Où touché de compaſſion,
Dieu change notre deſtinée;
Et finit notre oppreſſion.
Adreſſons-lui d'humbles Cantiques :
Chantons dans des Fêtes publiques :
GLOIRE SOIT AU DIEU DE SION.

Lû & approuvé. Ce 28. *Octobre* 1744. CREBILLON.

Vû l'Approbation, permis d'imprimer. Ce 11. *Novembre* 1744.
Signé, MARVILLE.